Für: ______________________

Von: ______________________

Barbara Behr
Edition

MIX
Papier aus verantwortungsvollen Quellen
FSC® C020056

ISBN 978-3-649-63497-3

Hafenweg 30, 48155 Münster, Germany
Illustrationen und grafische Gestaltung: Barbara Behr
Textsatz: Thomas Wolters, Internetlitho
Redaktion: Nina Sträter

www.coppenrath.de

Gitta Edelmann & Regine Kölpin

24 Wintergeschichten am Kamin

ADVENTSKALENDERBUCH
MIT AUSKLAPPSEITEN

COPPENRATH

Inhalt

VI	Vorwort
VII	Weihnachtszeit
1. Dezember	Grimmliche Weihnachtszeit
2. Dezember	Ein Herz für Glühwein
3. Dezember	Winter
4. Dezember	Das Barbara-Geschenk
5. Dezember	Else plant ein Haus
6. Dezember	Der Rabe, der Fuchs und meine Söhne
7. Dezember	Der Fremde
8. Dezember	Backen mit Oma
9. Dezember	Ein ganz besonderer Weihnachtsbaum
10. Dezember	Auf Schlittschuhen durchs Leben
11. Dezember	Der Mistelzweig
12. Dezember	Der Einkaufsbummel
13. Dezember	Der Weihnachtsengel Teil 1
14. Dezember	Der Weihnachtsengel Teil 2
15. Dezember	Die Weihnachtskatze

16. Dezember Keine Geschenke

17. Dezember Schlittenfahren

18. Dezember Bines Engel

19. Dezember Besuch vom Weihnachtsmann

20. Dezember Krippenspiel mit Hindernissen

21. Dezember Gute Weihnachtsmenschen

22. Dezember Bethlehem Teil 1

23. Dezember Bethlehem Teil 2

24. Dezember Weihnachten am Meer

IX Weihnachtsduft im ganzen Haus

X Omas Kekse

XI Tant' Marthas weißer Glühwein

XII Adventsschnitten

XIII Tannenbäumchen stricken

XIV Über die Autorinnen

XVI Das neue Jahr

Weihnachten ist die Zeit der kleinen Wunder, in der man als Familie zusammenrückt. Doch es ist auch die Zeit der vielen kleinen Pannen – eben weil alles so perfekt sein soll.
Wir haben uns in 24 kleinen Geschichten mit Weihnachten und den Geschehnissen drum herum beschäftigt.
Was passiert, wenn die Zeit eigentlich langsamer vergehen müsste und doch plötzlich alles hektisch und schnell wird?
Was, wenn beim Kauf von Geschenken und Weihnachtsbaum so einiges schiefgeht?
Und was machen wir mit dem Weihnachtsessen?
Neben den Geschichten haben wir Ihnen noch einige Kleinigkeiten zusammengestellt, mit denen Sie die Vorweihnachtszeit gemütlich am Kamin genießen können. Zum Beispiel mit einem Glas selbst gemachtem Glühwein, beim Stricken von Tannenbäumchen oder dem Genuss von Omas Weihnachtskeksen.

Eine frohe Adventszeit wünschen

Gitta Edelmann und Regine Kölpin

Weihnachtszeit

Wenn draußen fallen weiße Flocken
und wir uns freuen über Socken,
die unsre Füße wärmen,

wenn Glöckchen tönen mit Geläute
und durch Geschäfte zieht die Meute,
in Hektik und mit Lärmen,

wenn Lichter an den Tannen schwingen
und Kinder auf der Straße singen
in allerhöchsten Tönen,

wenn wir gern sitzen am Kamine
mit Strickzeug, Buch und 'ner Praline
und uns so recht verwöhnen,

dann halt dich für das Fest bereit,
dann ist's schon wieder Weihnachtszeit!

1

„Klar!“ Robin grinst. „Sonst kracht der ja gleich zusammen.“
Einen Moment lang zögere ich, aber dann sage ich doch nichts und gehe lieber zurück in die Küche, um die letzten Plätzchen aus dem Ofen zu holen.
Zwei Stunden später sehe ich Herrn Grimmlich in seinem Auto an unserem Haus vorbeifahren. Gespannt beobachte ich hinter dem Vorhang, wie er, statt in seine Einfahrt zu biegen, kurz hinter dem Schneemann anhält. Plötzlich leuchten die Rücklichter auf und mit erheblichem Schwung setzt er schräg zurück – direkt auf den …
Da knirscht es auch schon. Laut fluchend steigt er aus und besieht sich den Schaden. Der Schnee-Grimmlich ist tot, nur ein kleiner weißer Haufen ist von ihm übrig geblieben. Aus diesem Haufen ragt schräg der Poller hervor, der der Kraft von Herrn Grimmlichs Auto ebenfalls nicht gewachsen war. Das Auto sieht allerdings genauso mitgenommen aus.
Robin, Emma und Mia kommen die Treppe heruntergerannt.
„Mama, hast du gesehen, der Grimmlich hat unseren Schneemann kaputt gemacht!“, ruft Emma.
„Und sein Auto auch.“ Robin sieht irgendwie zufrieden aus.
„Dann ist der jetzt sicher traurig, wenn sein Auto kaputt ist.“ Mia ist so ein mitfühlendes Kind! „Können wir ihm ein paar Plätzchen schenken, Mama?“
Ich nehme Mias Idee gerne auf, denn ganz rein ist mein Gewissen nicht. Als er uns dann die Haustür öffnet und Mia ihm tröstend den Plätzchenteller hinhält, geschieht tatsächlich ein Weihnachtswunder: Herr Grimmlich lächelt!

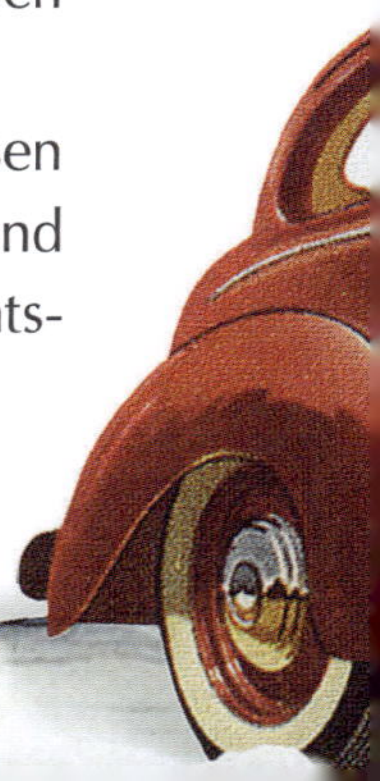

Grimmliche Weihnachtszeit

Nie habe ich „Nomen est omen“ für wahrer gehalten als bei unserem Nachbarn, besonders, wenn es auf Weihnachten zugeht. Ganz oben auf seiner Liste der Ärgernisse stehen Kinder. Die machen nämlich Lärm und Dreck und zerstören alles, sagt Herr Grimmlich. Auch in dieser Adventszeit herrscht mal wieder dicke Luft in unserer Gasse, denn sowohl meine eigenen Kinder als auch die von gegenüber spielen viel zu oft und zu laut draußen.
Es ist Samstag und ich nutze den freien Tag, um mit Mia und Emma Plätzchen zu backen, als Robin früher als sonst vom Fußball nach Hause kommt.
„Guckt ihr eigentlich nie aus dem Fenster?“, fragt er. „Es schneit schon seit einer Stunde wie verrückt. Wir mussten sogar das Spiel abbrechen!“
Vergessen sind Teig und Ausstecher – im Nu hüpfen Mia und Emma in dicker Jacke, Mütze, Schal und Stiefeln mit ihrem Bruder im Vorgarten herum. Ich seufze und fülle das nächste Blech alleine mit Engeln. Fröhliches Lachen und Gekreische deuten darauf hin, dass auch die Nachbarskinder den Weg nach draußen gefunden haben.
Irgendwann nach dem vierten oder fünften Blech holt mich Emma vor die Tür, damit ich den Schneemann auf dem Gehweg gebührend bewundere. Er hat ungewöhnlich große Ohren und einen mürrisch verzogenen Mund. Dazu einen Arm, der nach vorne ragt, und eine knubbelige Hand mit ausgestrecktem Finger. Ich glaube, es ist ein Zeigefinger, aber ich frage lieber nicht nach.
„Das ist der Grimmlich, Mama“, flüstert Emma.
Ich nicke anerkennend. „Sehr schön, aber – habt ihr den etwa um den Poller herumgebaut?“

LILAC SWEETS
Palmer
New York

2

Glühweinrezept für die Weihnachtszeit zu kreieren. Das ist an der Küste natürlich nicht so einfach, hier gibt es schließlich keine Winzer um die Ecke und Tant' Martha weigert sich nach wie vor, Wein aus dem Supermarkt zu nehmen. Doch wie es der Zufall will, kommt eines Abends im November ein Mann in die Kneipe. Er ist etwa in Tant' Marthas Alter und auf der Durchreise. Als er einen Glühwein bestellt und natürlich keinen bekommt, erzählt er ihr, dass er Winzer sei und einen hervorragenden Riesling an der Mosel anbaue. Auch einen, den man mit den richtigen Gewürzen wunderbar für einen Glühwein verwenden könne. Ganz zufällig habe er eine Flasche dabei, und so tüfteln die beiden die ganze Nacht, bis sie endlich eine Mischung gefunden haben, die Tant' Marthas kritischem Gaumen genügt. Von da an bietet sie in der „Linde" auch Glühwein an, allerdings nur den weißen. Den, den sie abgesegnet hat.
Ich glaube aber, im nächsten Jahr wird es noch weitere Neuerungen geben. Mir ist der Blick nicht entgangen, den der Winzer Tant' Martha zugeworfen hat. Ab und zu sehe ich sie die Riesling-Flasche sehnsüchtig in der Hand halten und übers Etikett streichen. Neulich hat sie mit dem Mann telefoniert. Ganz rot ist sie dabei geworden. So rot wie der Wein, aus dem sie tatsächlich demnächst gemeinsam einen weiteren Gaumenkitzel kreieren wollen. Eigens für Tant' Martha und ihre Ansprüche. Liebe geht schließlich durch den Magen – warum soll das nur für Essen gelten und nicht auch auf Glühwein zutreffen? Ich freue mich schon auf die rote Variante. Und auf das Leuchten in Tant' Marthas Augen, wenn der Winzer zurückkommt. Der Kerl könnte passen!

Ein Herz für Glühwein

Tant' Martha bewirtschaftet unsere Dorfkneipe, die „Linde", ganz allein. Von der Liebe verraten, will sie sich nie wieder an tiefere Gefühle wagen. Von daher hat kein Kerl eine Chance bei ihr.

Das Getränkeangebot von Tant' Martha umfasst drei Sorten Bier, dazu natürlich Wasser und diverse Schnäpse. Vor allem die, die man bei uns an der Küste gern trinkt. Was anderes hätte sich in unserem Dorf auch nicht gelohnt, das läuft eben nach dem Motto: „Was der Bauer nicht kennt, das frisst er nicht." Und das trinkt er eben auch nicht, weshalb Modegetränke keinen Platz bei Tant' Martha haben. Als im Sommer mal zwei Berliner vorbeikamen, die Aperol Spritz trinken wollten, wurden sie von Tant' Martha einfach rausgeworfen, weil sie das für etwas höchst Anstößiges hielt.

Wenn die Weihnachtszeit naht und es draußen nicht nur kälter, sondern auch stürmischer und nasser wird, kauft Tant' Martha ein paar Flaschen Rum mehr ein, denn nun ist Grog-Zeit. Nach der Arbeit versammeln sich die Gäste am Tresen, trinken Grog und nehmen dazu auch gern einen Lütten – einen kleinen Schnaps –, um dann wieder ihrer Wege zu gehen.

„Warum hast du eigentlich keinen Glühwein im Angebot?", fragen wir Tant' Martha und sie wird richtig fünsch. Das sagt man bei uns, wenn einer sauer wird. „Das Zeug ist sein Geld nicht wert", faucht sie. „Das ist einfach nur Zuckerwasser, so etwas schenke ich nicht aus. Bei mir gibt es anständigen Grog, wo man weiß, was drin ist, und Punkt."

Unsere Frage muss sie aber trotzdem gewurmt haben, denn nur kurze Zeit später beschäftigt sie sich heimlich damit, ein eigenes

3

Mit jeder Stunde wird es heller –
Vogelstimmen aus dem Ried.
Und die Welt wird wieder schneller.
Singt ein neues lautes Lied.

Menschenstimmen, Kinderlachen,
mal von ferne, mal ganz nah.
Die Landschaft kann langsam erwachen,
alle Konturen sind glasklar.

Winzig kleine Wassertropfen
rinnen sacht den Halm hinunter.
Am Baum beginnt ein Specht zu klopfen,
der ganze Wald ist plötzlich munter.

Dann macht die Sonne Platz für Schnee,
eine Wolke treibt heran.
Entleert sich über Land und See,
ringsum ist alles weiß fortan.

Die Wolken verschwinden und lassen zurück:
ein Weiß, ein Strahlen – und ganz viel Glück.

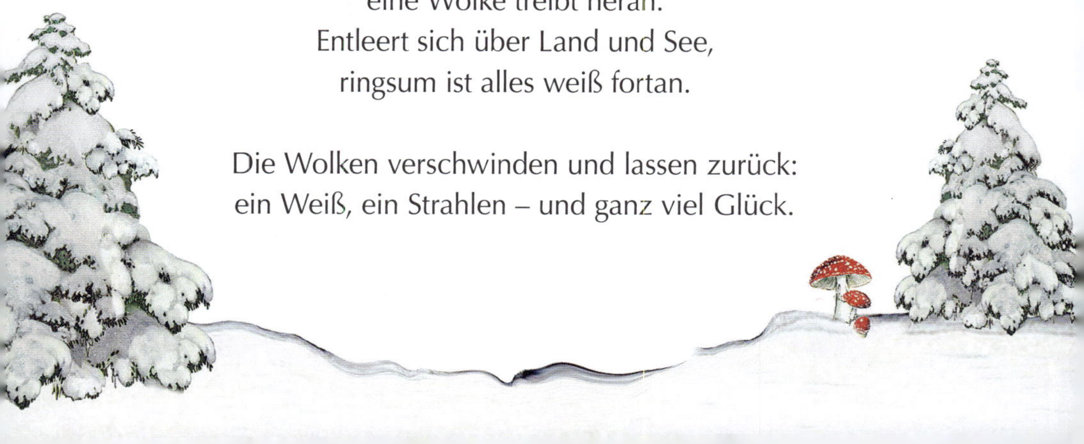

Winter

Der Frost hat sich ins Land geschlichen
und Ruhe in die Welt gebracht.
Alle Hektik scheint gewichen,
die Stille hat jetzt Übermacht.

Noch ist es ganz früh am Morgen,
die Erde ruht, es ist eiskalt.
Verborgen sind nun alle Sorgen,
die Landschaft wirkt wie angemalt.

Die Gräser stehen weiß und starr
auf den Wiesen tiefgefroren.
Die Luft ist kalt und eisig klar,
die Welt erscheint wie neugeboren.

Es kämpfen sich die Sonnenstrahlen
durch den dichten Nebelsee.
Tauchen Äste, diese kahlen,
in eine glitzernde Allee.

PAUL CHARVETS BLUMENLADEN

CHRIST-
BÄUME
4

Claudia öffnet das Geschenk und erstarrt. Sie wird blass, nimmt den Ring aus der Schachtel, hält ihn gegen die Küchenlampe und schüttelt immer wieder ungläubig den Kopf.

„Dat gibbet doch gar nich!“, sagt sie.

Hans schluckt. Wartet angstvoll ab. „Liebelein, freust du dich nicht?“, fragt er schließlich.

Claudia lässt sich auf den Stuhl zurückfallen und pustet einmal kräftig die Luft aus. Dann schaut sie Hans mit einem intensiven Blick an. „Doch, Hans, ich freue mich. Du glaubst gar nicht, wie sehr.“

Er nimmt ihre Hand. „Das freut mich. Ich habe ihn aus dem Trödelladen.“

Es fällt ihm schwer, ihr einzugestehen, dass er sich keinen Juwelier leisten kann, aber um Claudias Augen bilden sich winzige Lachfalten und am Ende strahlt ihr ganzes Gesicht. „Dieser Ring hier ist so kostbar, dass du ihn tatsächlich bei keinem Juwelier hättest kaufen können. Er gehörte meiner Mutter, man hat ihn ihr vor Jahren am Barbaratag gestohlen und sie war bis zu ihrem Tod untröstlich darüber. Schau mal!“ Claudia beugt sich zu Hans und zeigt ihm den Schmuckstein. „Das hier ist ein echter Diamant. Er ist unglaublich wertvoll! Das hat aber wohl keiner bemerkt.“

„Ein echter Diamant? Dann sind wir nun reich?“, stammelt Hans ungläubig.

Claudia legt den Ring zurück in die Schachtel, die sie unter die Barbarazweige stellt. „Wir waren doch schon vorher reich, Hans. Aber das hier ist so wunderbar, als wäre meine Mutter am Barbaratag zu mir zurückgekommen.“

Das Barbara-Geschenk

Claudia liebt den Barbaratag und ihr Mann Hans ist sicher, dass sie schon am Morgen im Garten war, um ein paar Kirschzweige zu schneiden. Dabei achtet sie jedes Jahr darauf, nur solche zu nehmen, an denen schon viele rundliche Blütenknospen erkennbar sind. Wichtig ist außerdem, dass sie schon einmal Frost abbekommen haben, aber in diesem Jahr war es schon im November so bitterkalt, dass die Bäche und Pfützen zugefroren sind. Hans geht nach der Schicht im Bergwerk zu einem Trödelhändler, wo er vor ein paar Tagen einen Ring im Fenster gesehen hat. Er möchte Claudia gern eine Freude zum Barbaratag machen, denn sie hat jeden Tag so viel Arbeit mit ihrem winzigen Bergarbeiterhaus und dem Garten, wo sie auch Gemüse und Obst anbaut. Immer kocht sie aus dem Nichts so wunderbare Gerichte für ihn und zu jeder Schicht hat sie seine Brottasche mit Leckereien gefüllt. Er hat nicht nur einfach belegte Stullen dabei, Claudia legt auch immer noch ein Gürkchen, ein Radieschen oder ein Salatblatt aus dem eigenen Garten dazu. Nie stöhnt seine Frau, wie schwer sie es mit dem kargen Bergarbeiterlohn haben. Nein, sie lächelt immer und versucht, das Beste aus allem zu machen.

Draußen hat ein eisiger Wind eingesetzt und erste Schneeflocken tanzen durch die Straßen. Hans wird mit dem Trödelhändler rasch handelseinig und läuft, den Mantelkragen hochgeschlagen, schnell nach Hause. Ihm weht schon der Duft von frisch gebrühtem Kaffee entgegen und er weiß, dass Claudia in der Früh auch einen Gugelhupf gebacken hat. Hans zieht seine Sachen aus und setzt sich an den Tisch. Vorsichtig schiebt er seiner Frau das kleine Päckchen über den Tisch. „Für dich“, sagt er mit einem schiefen Lächeln. Sein Herz klopft wie verrückt.

5

„Okay." Widerwillig nimmt er seine Kopfbedeckung entgegen, die nun immerhin nicht mehr tropft. „Du kriegst dein Haus mit Wäschetrockner."

„Und Wintergarten?", fragt Else.

„Und Wintergarten!", bestätigt ihr Mann und setzt die Mütze auf, um endlich loszufahren und den Kindern im Land die Stiefel zu füllen.

Doch an diesem Fest ist keiner so glücklich wie Else, die Frau, die es nun endlich nach ihrem Geschmack entwerfen darf: das Haus vom Nikolaus! Mit Wintergarten!

Sie zeichnet den nächsten Querstrich.

Else plant ein Haus

„Mach doch nicht immer so Schnickschnack an den Bauplänen, Else!“, sagt ihr Mann und zieht seinen roten Mantel an. „Wasch lieber noch mal meine Mütze durch, die juckt immer noch!“
Else seufzt. „Du hast dir eben wieder eine Laus in den Pelz setzen lassen.“
Sie nimmt ihrem Mann die Mütze ab und wirft sie ins Waschbecken.
„Eigentlich brauchen wir noch ein zweites Stockwerk“, überlegt sie, während sie die Mütze unter fließendem Wasser knetet.
„Mit dir ein Haus zu planen ist ganz schön anstrengend“, stöhnt Elses Angetrauter und sieht ihr zu, wie sie die tropfende Mütze über den Wasserhahn hängt.
„Ich finde eben, wir brauchen unbedingt einen Wintergarten – bei diesem ewigen Schnee hier.“ Else dreht sich zu ihm um und hebt die Augenbrauen. „Da muss man doch etwas Grünes und Blühendes um sich haben, um sich zu entspannen. Und einen Raum für Waschmaschine und Trockner finde ich auch nicht gerade Schnickschnack.“
„So ’n Wäschetrockner kostet doch nur unnötig Strom!“, brummt ihr Mann.
„Na ja – aber wenn wir einen hätten“, sagt Else genüsslich und hält ihm die nasse Mütze hin, „könntest du jetzt mit trockenem Kopf auf den Schlitten steigen. So aber …“
Sie zuckt mit den Achseln.

6

„Also gut, Timo", schlägt er schließlich vor. „Ich erzähle dir eine Geschichte, und wenn sie dir gefällt, gibst du mir die Socke zurück. Ja? Dann kriegst du auch eine der Zuckerstangen."

Timo schüttelt den Kopf, aber Kai fängt trotzdem an:

„Es war einmal ein Rabe. Der saß auf einem großen, hohen Baum und hielt ein Stück Käse im Schnabel. Da kam der Fuchs vorbei. Er sah den Raben mit dem Käse da sitzen und dachte: Mmh, so einen Käse möchte ich auch gerne haben.

Er sagte zu dem Raben: ‚O Rabe, ich habe gehört, du kannst ganz schön singen. Sing mir doch bitte einmal vor.'

Der Rabe war geschmeichelt und sang: ‚Rab, rab, rab!' Dabei fiel ihm der Käse aus dem Schnabel und auf den Boden. Der Fuchs schnappte sich den Käse, lief mit ihm davon und fraß ihn ganz alleine auf."

„Quatsch!", sagt Timo. „Füchse fressen doch keinen Käse!"

Flatsch! Da liegt auch schon die Nikolaussocke auf dem Boden. Kai schnappt sie, rennt aus dem Zimmer an mir vorbei und versteckt sie in seinem Sport-Beutel, der an der Garderobe hängt. Er zwinkert mir zu.

„Mama", fragt er grinsend, „hast du vielleicht ein Stück Käse für Timo?"

Der Rabe, der Fuchs und meine Söhne

Kai und Timo streiten jeden Tag. Nun ja, man sagt, dafür seien Brüder ja eigentlich auch da. Also versuche ich, mich so weit wie möglich aus den Kabbeleien herauszuhalten. Aber als harmoniebedürftige Mutter ist das gar nicht so einfach.

Ich lausche. Eigentlich ist Timo dieses Mal zu weit gegangen: Der Kleine hat Kais Nikolaus-Socke geklaut, die unsere Nachbarin, Frau Schulze, ihm geschenkt hat. Frau Schulze ist gerade fürchterlich erkältet und heute, am Nikolaustag, hat Kai die Gelegenheit beim Schopf ergriffen und ist für sie einkaufen gegangen. Für solche kleinen Hilfen bedankt sich Frau Schulze stets mit Süßigkeiten und so hat Kai sich die Socke mit allerlei Leckereien darin redlich verdient.

Beim Ausziehen seiner Schuhe hat er dann wohl die Socke im Flur auf die Kommode gelegt und einen Moment lang nicht aufgepasst. Auf jeden Fall ertönt plötzlich ein Wutschrei und ich stelle mich sicherheitshalber so in den Flur, dass ich den unvermeidlichen Streit durch die offene Kinderzimmertür beobachten und notfalls eingreifen kann.

Timo sitzt auf seinem Hochbett, hat eine Ecke der Nikolaus-Socke im Mund und knurrt wie ein großer alter Schäferhund. Er spielt gerne Hund. Er hält sich dann für besonders stark.

Kai steht vor dem Bett, schaut hinauf zu seinem kleinen Bruder und legt den Kopf schief. Er denkt nach. Er weiß, wenn er versucht, die Socke mit Gewalt zurückzuholen, schreit Timo. Dann muss ich eingreifen und das Streitobjekt konfiszieren.

Das bringt's nicht, wie er immer sagt.

7

schon zu verlieren? Und so war er wenigstens nicht mehr allein. Er öffnete die Tür.

„Danke", sagte der Mann in gebrochenem Deutsch. „Sie sind meine Rettung. Ich bin Henri."

Hubert trat er einen Schritt beiseite, während Henri plötzlich eine kleine Katze aus der Manteltasche fischte. „Haben Sie etwas zu trinken für sie? Ich habe sie gefunden. Etwas zu fressen habe ich schon gekauft."

Hubert schlurfte in die Küche. Er befüllte eine Schale mit Wasser, stellte eine zweite für das Futter dazu und schmierte für den Fremden ein Brot. Es fühlte sich ein bisschen so an, als täte er das für seine Tochter. Ihm war nach wie vor mulmig, aber aus irgendeinem Grund konnte er nicht anders handeln.

Der Fremde setzte sich ihm gegenüber. „Danke für Ihre Hilfe. Marie hat nicht damit gerechnet, dass Sie so gut zu einem Fremden sind, und mich gewarnt, Sie würden mich fortschicken." Er tippte eine Nachricht in sein Handy, das kurz darauf einen Benachrichtigungston von sich gab.

Hubert senkte den Kopf.

„Aber", Henri lächelte ihn an und zeigte auf sein Handy. „Jetzt weiß sie es. Marie wird morgen kommen. Sie sollen am Weihnachtsfest schließlich nicht allein sein." Er stand auf und ging, ließ aber die Katze da. „Als kleines Pfand."

Hubert sah ihm aus dem Fenster noch lange hinterher. Marie hatte ihm tatsächlich verziehen! Er strich dem Kätzchen über den Kopf und zündete die erste Adventskerze an.

Der Fremde

Hubert war allein in seiner kleinen Etagenwohnung, von wo aus er auf der einen Seite zur Hauptverkehrsstraße und auf der anderen Seite zum Schulhof sehen konnte. In diesem Jahr hatte er lange gezögert, einen Adventskranz zu kaufen. Sonst hatte das immer Frieda gemacht, aber seine Frau war nun schon seit drei Jahren tot. Und zu seiner Tochter Marie hatte er nach einem furchtbaren Streit kaum noch Kontakt. Ja, er war ungerecht gewesen, war viel zu böse geworden und hätte sich entschuldigen müssen. Nein, in Hubert wollte keine rechte Weihnachtsstimmung aufkommen. Marie studierte jetzt in Paris und meldete sich nicht mehr. Schwerfällig stand Hubert auf, um das Licht einzuschalten. Plötzlich schrak er zusammen, denn es kratzte an seiner Tür.

„Wer ist da?“, fragte Hubert und griff nach seinem Stock. Mit irgendetwas musste er sich schließlich zur Wehr setzen.

Das Kratzen hörte auf. Hubert linste durch den Spion ins Treppenhaus und erkannte dort einen jungen Mann.

„Was wollen Sie?“, rief Hubert.

„Ich komme von Marie“, sagte der Fremde mit französischem Akzent. „Sind Sie Herr Siemers?“ Die Betonung lag auf der letzten Silbe.

„Warum?“, fragte Hubert verunsichert. Da stimmte doch etwas nicht!

Der Fremde zögerte. „Sie hat gesagt, ich soll zu Ihnen gehen. Ich weiß nicht, wo ich sonst in dieser Stadt bleiben soll. Ich möchte nur etwas essen und mich kurz ausruhen. Mehr nicht.“

Huberts Hand zitterte. Er stellte durch die geschlossene Tür viele Fragen nach Marie, und tatsächlich schien der Franzose sie zu kennen.

„Ich lasse Sie herein“, beschloss Hubert schließlich. Was hatte er

8

einen fertigen Teigklumpen zu. „Schön ausrollen und dann ausstechen."
Lina und Finn streiten sich erst einmal um das Nudelholz. Lina hat es, voll bemehlt, unter ihrem Pulli versteckt und das Gezerre dauert eine Weile. Aber dann greift Oma durch und wir können die Teigklumpen ausrollen. Vor allem Finn ist mit großem Eifer bei der Sache, wobei er den Teig allerdings nur platt geschlagen hat und zentimeterdicke Riesenkekse aussticht.
„Wer soll denn das essen?", frage ich, während ich meine Stiefel und Sterne auf dem Backblech platziere. Natürlich habe ich mir viel Mühe gegeben, alles schön dünn auszurollen.
Finn zuckt mit den Schultern. „Opa natürlich. Der hat einen so dicken Bauch wie der Weihnachtsmann und da passt viel rein."
Da Opa aber schon seine dritten Zähne hat, bezweifle ich, dass er diese Monsterkekse kauen kann. Nicht, dass sein Gebiss …
Als Oma den Schokoteig auf den Tisch legt, formt Lina kleine braune Würste, die hinterher bestimmt keiner essen will. Lina wirft die Schürze in die Ecke und rennt beleidigt aus der Küche, als ich sie darauf hinweise. Finn hat plötzlich auch keine Lust mehr und folgt ihr. Zurück bleiben Oma und ich – mit vier Kilo Keksteig und dem Mut der Verzweifelten. Oma und ich aber backen. Und backen. Und backen. So lange, bis das ganze Haus wunderbar nach Weihnachten duftet. Als die ersten Kekse fertig sind, kommen auch Finn und Lina wieder in die Küche und gemeinsam kosten wir das Gebäck. Es schmeckt himmlisch. Natürlich fällt kein böses Wort mehr. Man hört nur noch unser genüssliches Kauen.

Backen mit Oma

Dieses Jahr hat Oma alle Enkel zum Backen eingeladen. Warum sie sich das antut, weiß ich nicht, denn natürlich werden neben mir auch meine kleine vierjährige Cousine Lina und mein pubertierender Cousin Finn mitbacken. Und die sind nicht ohne. Ich bin mit meinen 17 Jahren ja schon fast erwachsen, wahrscheinlich glaubt Oma, deshalb etwas Unterstützung zu haben. Ich fürchte allerdings, ihr Haus wird nach dem Backen nicht wiederzuerkennen sein. Und das, wo sie sich doch mit der Weihnachtsdekoration immer richtig viel Mühe gibt. Kein Haus ist weihnachtlicher geschmückt als das von Oma.

Ein bisschen muss sie geahnt haben, welche Gefahr droht, denn ihre Küche gleicht einem Operationssaal. Es befindet sich keinerlei Deko mehr auf der Fensterbank, dem Regal oder dem Tisch. Stattdessen hat sie drei Schürzen bereitgelegt und Weihnachtsmusik angestellt. Das Lied „In der Weihnachtsbäckerei" können wir alle laut mitsingen.

Die beiden Kleinen flegeln sich sofort auf die Eckbank und kippen die halbe Mehlpackung vor sich aus. „Sonst kleben die Kekse nachher auf dem Tisch fest", klärt Finn mich auf. „Das muss so."

„Mit so viel Mehl werden aber die Kekse ganz trocken", versuche ich dem Ganzen Einhalt zu gebieten, denn Oma ist schon ziemlich blass und wir haben ja noch nicht einmal begonnen.

„Gut, dann alles zurück." Finn schiebt den Mehlberg zusammen und versucht, ihn zurück in die Tüte zu bekommen, was natürlich hoffnungslos schiefgeht. Die Hälfte landet auf dem Küchenfußboden. Oma bewahrt ihre Fassung und schiebt jedem von uns

9

„Der arme Baum!“, ruft Anja. „Papa, schau mal!“
Paul Winter runzelt die Stirn. „Den kann ich nicht mehr verkaufen. Der muss weg.“
„Können wir ihn nicht mit nach Hause nehmen?“, fragt Anja. „Schließlich haben wir Lars auch nicht weggeschmissen, als er letztes Jahr seinen Arm gebrochen hatte!“
Lars knufft sie mit dem Ellenbogen in die Seite, aber auch er schaut seinen Vater erwartungsvoll an.
„Von mir aus“, sagt dieser und stellt den Baum zur Seite.
Eine Stunde später ist der Markt zu Ende und sie bringen die Fichte mit dem gebrochenen Zweig nach Hause. Vorsichtig stellen sie den Baum in den Christbaumständer. Dann sucht Anja im Medizinschrank nach einem Verband, Lars holt ein Stück Draht und zusammen schienen sie den abgeknickten Zweig. Jetzt ist er wieder ganz gerade.
„Na, was ist denn das?“, fragt ihre Mutter, als sie den dicken weißen Verband am Baum sieht.
„Der Baum hat sich den Arm gebrochen!“, erklärt Lars.
„Aha“, sagt seine Mutter und wirft ihrem Mann einen Blick zu. „Aber so kann er nicht bleiben!“
„Bitte nicht wegwerfen!“, rufen Anja und Lars im Chor.
„Quatsch!“ Ihre Mutter kramt aus der Schrankschublade ein dickes rotes Band hervor und bindet es zu einer großen prächtigen Schleife um den Verband.
Nun bewundern sie alle ihren Tannenbaum, der eigentlich gar keine Tanne ist, sondern eine angeknackste Fichte. Und trotzdem – es ist der schönste Weihnachtsbaum, den man sich wünschen kann!

Ein ganz besonderer Weihnachtsbaum

„Wo kommen denn immer die ganzen Weihnachtsbäume her?“, fragt Anja ihren Vater.
Paul Winter lächelt. „Aus der Baumschule“, antwortet er.
„Eine Baumschule? Lernen die Bäume da lesen und schreiben?“ Anja staunt und Lars schüttet sich aus vor Lachen. „Nein – die stehen da einfach in langen Reihen und wachsen“, erklärt er seiner kleinen Schwester.
„Genau.“ Paul Winter streicht über Anjas Haar. „Und wenn sie irgendwann so groß sind, dass sie ein Weihnachtsbaum werden können, verkaufe ich sie im Dezember auf dem Markt hinter der Kirche.“
„Da will ich aber dabei sein!“, erklärt Anja.
Also dürfen Anja und Lars in diesem Jahr mit ihrem Vater auf den Markt fahren. Immer wieder gehen sie am Zaun entlang, wo die Bäume schön geordnet stehen. Denn Tannenbaum ist nicht gleich Tannenbaum, hat ihr Vater ihnen erklärt. Es gibt Douglastannen, deren lange Nadeln ein bisschen nach Zitrone riechen, wenn man sie zerreibt. Es gibt Weißtannen, deren Nadeln von unten weißlich aussehen. Und dann gibt es Tannenbäume, die gar keine Tannen sind, sondern Fichten. Die haben kurze Nadeln, die rings um die Zweige herum wachsen. Den Duft der Fichten mag Anja am liebsten.
„Soll ich Mama anrufen, damit sie euch abholt?“, fragt ihr Vater, als es anfängt zu schneien, aber die Kinder schütteln die Köpfe. Sie haben ihren Spaß daran zu beobachten, wie die Leute ihren Weihnachtsbaum aussuchen und ihr Vater den Baum mit einer Maschine in ein großes Netz verpackt, damit sie ihn besser transportieren können.
„Oje“, sagt Lars plötzlich und zeigt auf eine mittelgroße Fichte. Einer der Zweige ist abgeknickt und hängt schräg herunter.

10

Socken in die dünnen Lederschlittschuhe geschlüpft war, und dann musste ich damit auch noch irgendwie auf den zugefrorenen See kommen. An Vaters Hand bin ich übers Eis gestöckelt und konnte kaum einen Meter gleiten. Schritt für Schritt haben wir uns herangetastet, und welche Freude, als es mir endlich gelang, an seiner Hand die ersten wirklichen Schlittschuhschritte zu machen. Oft stolperte ich oder fiel auf die Knie. Es dauerte nicht lange, bis sie grün und blau waren, nur wollte ich nicht aufgeben, ehe ich nicht wenigstens eine Runde allein über den See fahren konnte. Danach waren meine Füße so kalt, dass ich kaum noch Gefühl in den Zehen hatte. Mein Vater steckte die Füße unter seinen Pullover und wartete, bis sie wieder wärmer wurden. Dazu flößte er mir von dem Kindergrog ein, den meine Mutter ihm eigens für diese kalten Stunden mitgegeben hatte. Er selbst nippte an der anderen Thermoskanne, die bestimmt echten Grog enthielt. Als es dunkel wurde, gingen wir zurück nach Hause. Es roch wunderbar in unserem Haus und ich war unglaublich stolz auf mich – trotz blauer Flecken hatte ich es geschafft und war meine Runde gefahren. So, wie ich es mir vorgenommen hatte.

Ich lege die Schlittschuhe erst weg, nehme sie dann aber doch zusammen mit der Weihnachtskiste mit nach unten. Dort entstaube ich das Leder und suche einen Platz, an den ich sie hängen kann. Neben der Tür finde ich einen Haken und lege eine Lichterkette um die Schuhe. Sie leuchten wunderschön. Ich lächle ihnen zu. Diese Schuhe haben mir die Kraft gegeben, es zu schaffen. Und mein Vater hat an mich geglaubt! Einmal allein über den See – und durchs Leben.

Auf Schlittschuhen durchs Leben

Endlich hat es mal wieder richtigen Frost gegeben. So viele Jahre ist der Winter an uns vorbeigehuscht, aber jetzt sind alle Seen und Kanäle fest unter einer dicken Eisschicht zugefroren. Es ist lange her, dass ich draußen auf dem Eis gewesen bin und auch jetzt fehlt mir die Zeit dazu. Weil Weihnachten naht, möchte ich die Kiste mit dem Weihnachtsschmuck vom Dachboden herunterholen, damit das Haus wenigstens am dritten Advent endlich festlich geschmückt ist. Mehr als ein paar Kerzen und Lichterketten sind in meiner Wohnung nicht zu finden, alles andere steht noch hier oben. Langsam arbeite ich mich bis zur Weihnachtskiste vor und will sie gerade zur Luke schieben, als ich stutze. Rechts von mir liegen meine alten Schlittschuhe! Die habe ich als Achtjährige zum Nikolaus bekommen und mir damals vorgenommen, am dritten Advent damit über den See laufen zu können. Schrecklich sehen sie nun aus. Das einstige Weiß ist ergraut, eine dicke Spinne huscht über das Leder und die langen Schnürsenkel sind zerrissen. Wehmütige Erinnerungen kriechen in mir hoch. Ich streiche über einen der Schuhe, dann über die rostige Kufe.
Das Wetter war mir damals hold und es fror in der zweiten Dezemberwoche so sehr, dass mein Vater mit mir am Samstag vor dem dritten Advent zum See ging, damit ich das Eislaufen lernen konnte. Mutter war froh, auf diese Weise das Adventsessen für den nächsten Tag in Ruhe vorbereiten zu können. Ente mit Rotkohl und Klößen sollte es geben, da waren wir im Weg. Also zog ich meinen dicken Pulli an, die selbst gestrickte Mütze – und los. Mein Vater hatte eine Tasche mit heißen Getränken und Keksen dabei. Es dauerte, ehe ich mit den dicken

11

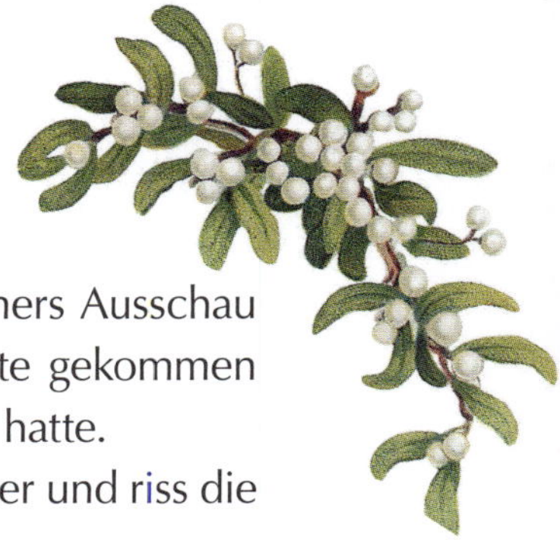

Am Nachmittag hielt Lea vom Fenster ihres Zimmers Ausschau nach Toby, doch er musste von der anderen Seite gekommen sein, denn es klingelte, ohne dass sie ihn gesehen hatte.
„Ich geh schon!“, rief sie, sprang die Treppe hinunter und riss die Tür auf. „Oma …“
„Das klingt ja wenig begeistert.“ Mit der Tortenglocke in der Hand trat ihre Großmutter ins Haus, schaute nach oben und drückte Lea einen dicken Schmatz auf die Stirn. „Dabei hab ich extra eine Linzer Torte zum Adventskaffee mitgebracht.“
„Toll, Oma, wirklich!“ Lea warf einen Blick hinaus. „Und wo ist Opa?“
„Ach, der. Der musste mal wieder zuerst …“ Oma stapfte auf die Küche zu und der Rest ihres Gemurmels blieb unverständlich.
Lea schloss die Haustür und sah auf ihr Handy. Verflixt, Toby war schon zehn Minuten überfällig. Aber immerhin – abgesagt hatte er nicht. Und da klingelte es auch wieder. Lea öffnete.
„Hi, Lea! Sorry, ich bin ein bisschen spät. Hab noch was besorgen müssen.“ Toby grinste verlegen.
„Alles okay, komm rein!“ Leas Herz klopfte bis zum Hals.
Toby trat über die Schwelle und sah nach oben. „Oh!“, sagte er und blieb stehen.
„Ähm, du musst nicht …“, stammelte Lea.
„Hm. Ja. Gut. Doch. Aber vielleicht nicht hier?“ Er zog seine Hand hinter dem Rücken hervor und streckte ihr einen kleinen Mistelzweig entgegen. „Ein Adventsgruß für dein Zimmer“, sagte er und errötete.

Der Mistelzweig

Es war ihr nicht leichtgefallen, den dicken Zweig vom Markt innen über der Haustür zu befestigen. Aber wenn Toby nachher kam, um mit ihr das Englisch-Referat vorzubereiten, würden sie beide unter dem Mistelzweig stehen, und dann musste er sie einfach küssen! Lea seufzte. Wenn Toby bloß nicht so schüchtern wäre …

„Was soll das Unkraut da oben?“ Die Stimme ihres kleinen Bruders klang wenig begeistert.

„Das ist kein Unkraut, sondern ein Mistelzweig“, erklärte Lea. „Komm her, dann küss ich dich!“

Mit einem lauten „Iiih!“ lief Max davon.

Eine Viertelstunde später klingelte es. Für Toby war es noch Stunden zu früh, aber Lea rannte trotzdem die Treppe hinunter, genau rechtzeitig, um zu sehen, wie Mama die Tür öffnete. Oh nein – das war der Paketbote – mit einem großen Paket! Was, wenn er und Mama …

„Stellen Sie das einfach hier draußen an die Seite“, bat ihre Mutter, „mein Mann holt das gleich rein.“

Glück gehabt – der Paketbote blieb einen Schritt vor der Haustür stehen, auch als ihre Mutter den Empfang quittierte.

„Axel, kannst du mir mal helfen?“, rief sie ins Haus. „Leas Geschenk ist da!“

Lea eilte ein paar Stufen hinauf, gerade so weit, dass sie vorgebeugt noch die Haustür sehen konnte, wo ihre Eltern sich genau unter dem Mistelzweig trafen.

„Hast du den aufgehängt?“, fragte ihr Vater und deutete nach oben, bevor er seine Frau umarmte und die beiden doch tatsächlich zu knutschen begannen. Wie peinlich!

PARIS
BOOK · SHOP
IMPRIMERIE
2864 Rue Halevy
PARIS
CACAO
ANTWERPEN
Lexikon der Welt literatur
Virginia Woolf Complete Edition
GOETHE-GEDICHTE
Fairy Tales
Grimm Brothers
FAMOUS

BOOK · SHOP
IMPRIMERIE
2864 Rue Halevy
PARIS
PARIS
Fairy tales
A-Z
Shakespeare
A. Scott
TIME TO LEAVE
Biochemie
12
GREAT RETROSPECTIVE OF THE GOUACHES OF
PAUL CÉZANNE
Extended until the summer in the Gallery Durand-Ruel, Paris

Ich stimme Birgit grundsätzlich immer zu, auch wenn ich nicht nachvollziehen kann, warum der Querstreifen in Blau nun besser ist als der Längsstreifen in Grün. Oder warum die rote Kerze auf dem Stoff mehr hermacht als der Tannenzweig. Birgit kann da wirklich penetrant sein, also ist es besser, einfach nur zu nicken. Die Winzigkeiten sind dann genau genommen auch oft „Großigkeiten", jedenfalls belasten sie unseren Geldbeutel ungemein. Aber auch dazu schweige ich lieber.
Am Ende lockt der Glühweinstand. Wir warten etwa 20 Minuten, dann halten wir unser Getränk in der Hand. Bis wir uns durch das Gedränge zurück auf den Weg geschoben haben, ist das Zeug kalt und schmeckt nur noch süß und klebrig.
Aber meine Frau ist überglücklich, als sie zu Hause sämtliche Dinge auf dem Fußboden vor mir ausbreitet und ein drittes Mal erklärt, warum was und für wen sein muss.
Nun habe ich eine Woche Zeit, um mich zu erholen. Dann geht Birgit erneut auf die Jagd und braucht einen Träger. Ich höre schon ihr „Janni?".
Es sind ja nur diese vier Wochen im Jahr. Dann ist Weihnachten, und in der neuen Planungsphase braucht sie mich nicht. Da kann ich angeln gehen. Ganz allein. Ohne Taschen, ohne im Weg zu stehen. Herrlich!

Der Einkaufsbummel

Meine Frau Birgit ist die Shoppingqueen. In jeder Hinsicht. Sie kauft alles. Schuhe, Möbel, Socken … Zur Höchstform läuft sie aber beim Weihnachtsshopping auf. Die Planungen beginnen, sobald das letzte Fest gerade vorbei ist, dauern über die Sommermonate an und erreichen ihren Höhepunkt, wenn die Einkaufspassagen wieder weihnachtlich geschmückt sind. Stundenlang sitzt sie über langen Listen für die Kleinigkeiten, die für den Briefträger, den Zeitungsausträger oder die Nachbarin zu kaufen sind. Kaum hängt in den Innenstädten die erste Lichtergirlande, geht es los. Birgit scharrt förmlich mit den Sohlen ihrer natürlich neu gekauften Treter. Und mir wird angst und bange vor ihrer Frage: „Kommst du mit, Janni?“

Wenn sie schon „Janni“ sagt! Ich ergebe mich jedes Mal meinem Schicksal und begleite sie in die Stadt. Allein diese Menschenmassen machen mir Angst. Schwer bepackt schleppen sie sich durchs Gedränge, überall klimpert „Jingle Bells“ oder „Mary’s Boychild“.

Birgit steuert natürlich jeden Laden an, und ihre Liste erscheint endlos. Ich warte draußen und bemühe mich, keinem im Weg zu stehen, was natürlich unmöglich ist. In der Weihnachtszeit behindert man in der Fußgängerzone immer jemanden. Vor allem, wenn man draußen wartet. Also sichere ich die vielen Taschen zwischen meinen Beinen und auf dem Arm, bis Birgit aus dem Lädchen kommt.

Natürlich erklärt sie mir nun lang und breit, warum sie ein bestimmtes Teil von ihrem Einkaufszettel doch nicht kaufen konnte und sich für etwas anderes entschieden hat. „Sieh nur, Janni, das hier ist doch viel hübscher, findest du nicht?“

13

bringt. Das liegt doch in der Krippe!“ Womit er natürlich irgendwie recht hatte.
„Dann eben der Weihnachtsmann“, sagte Oma und warf Onkel Olaf einen bösen Blick zu.
„Und wie soll der allein allen Leuten auf der ganzen Welt die Geschenke bringen? Mach dich nicht lächerlich!“, sagte Onkel Olaf und goss sich das nächste Glas Wein ein.
David fasste nach der Hand seines Bruders. Er mochte es gar nicht, wenn die Erwachsenen stritten. „Aber die Weihnachtsengel helfen doch“, sagte er, „und das sind ganz, ganz viele!“
Emil nickte und drückte Davids Hand. Natürlich wusste er, dass auch die Weihnachtsengel ins Reich der Fantasie gehörten, aber sein kleiner Bruder war erst vier. Mit vier durfte man noch an das Christkind oder den Weihnachtsmann glauben, fand er. Oder eben an die Weihnachtsengel.

Onkel Olaf lachte. „Weihnachtsengel! Das wird ja immer besser! Was erzählst du deinen Kindern für einen Mist, Susanne!“
„Olaf“, mischte sich Opa ein. „Es reicht!“
Onkel Olaf leerte sein Glas und schwieg tatsächlich, bis alle ihre Teller leer gegessen hatten.
Schließlich war es so weit. Zu den klimpernden Klängen der Spieluhr öffnete Papa die Tür zum Wohnzimmer und stimmte „Am Weihnachtsbaume die Lichter brennen“ an. Danach sangen sie noch „Ihr Kinderlein kommet“ und dann begann das Geschenkeauspacken.

(Fortsetzung folgt)

Der Weihnachtsengel – Teil 1

Man schenkt doch einem neunjährigen Jungen, der gerade sämtliche Harry-Potter-Bände in einem Rutsch gelesen hat, kein dünnes Büchlein ab sechs! Emil war schon seit seinem Geburtstag sauer auf Onkel Olaf.

„Onkel Olaf hat eben keine Kinder“, hatte seine Mutter ihren Bruder in Schutz genommen. Emil durfte sich ein anderes Buch aussuchen und Onkel Olafs Geschenk wurde bei nächster Gelegenheit weiter verschenkt.

Nach dieser Geschichte war Onkel Olafs Verhalten am Heiligen Abend nicht besonders überraschend. Zuerst mal kam er zu spät. Da waren Emil und sein kleiner Bruder David mit ihren Eltern und Großeltern schon in der Kirche. Als sie nach Hause kamen, stand Onkel Olaf frierend und fluchend vor der Haustür. Geschah ihm ganz recht, fand Emil.

Beim Essen häufte er sich einen Riesenberg Truthahn, gebackene Kartoffeln und Soße auf den Teller. Das Gemüse ließ er stehen. Dann sagte er vorwurfsvoll: „Bei euch gibt es jedes Jahr das Gleiche!“

Alle sahen sich an. Natürlich gab es jedes Jahr das Gleiche! Was wäre Weihnachten ohne Papas Super-duper-Truthahn? Das wäre ja, als würde man den Tannenbaum weglassen!

Onkel Olaf spülte das Essen mit mehreren Gläsern Wein hinunter.

Der kleine David zappelte auf seinem Stuhl und starrte auf die verschlossene Tür zum Wohnzimmer.

„Sitz noch ein bisschen still, damit das Christkind die Geschenke unter den Tannenbaum legen kann“, flüsterte Oma ihm zu.

„Erzähl dem Jungen doch keine Märchen!“, mischte sich Onkel Olaf ein. „Selbstverständlich gibt es kein Christkind, das die Geschenke

14

„Das gibt's doch nicht!", sagte Onkel Olaf fassungslos und sah das halb leere Weinglas in seiner Hand an.
Da kam der Weihnachtsengel auch schon zurück und drehte eine kleine Runde vor dem Wohnzimmerfenster, als wollte er sie grüßen oder sich verabschieden. David winkte ihm nach, bis er verschwunden war.
„Siehst du", sagte er zu Onkel Olaf. Dann ging er zufrieden zurück zu seiner Eisenbahn.
Einen Augenblick später schlüpfte Emil wieder ins Wohnzimmer. Seine Mutter zwinkerte ihm zu. Sie hatte sehr genau hinsehen müssen, um unter dem wallenden Gewand des Engels den Rumpf von Emils ferngesteuertem Flugzeug zu erkennen.
Onkel Olaf aber sagte den ganzen Abend kein Wort mehr. Er trank nur noch Mineralwasser und verabschiedete sich so früh wie noch nie.
„Dem hast du's aber gezeigt!", sagte David, als er und Emil schließlich müde in ihren Betten lagen.
„Wie, gezeigt?", fragte Emil.
„Na, mit dem Weihnachtsengel!"
„Wieso ich?" Emil tat überrascht.
„Das war doch dein Flieger!", erklärte David. „Aber Onkel Olaf hat echt geglaubt, das wär ein Engel!"
„Und du nicht?", fragte Emil ein wenig enttäuscht.
„Nee", murmelte David. „Wo ich doch weiß, dass die echten Weihnachtsengel unsichtbar sind."
Er schloss die Augen und drehte sich auf seine Schlafseite. Emil starrte noch einen Moment zum Fenster. Flog da vielleicht gerade eine zarte Gestalt vorbei? Unsichtbar? Dann war auch er eingeschlafen.

Der Weihnachtsengel – Teil 2

Natürlich hatten Emil und David die meisten Päckchen bekommen und es dauerte eine ganze Weile, bis unter „Ohs“ und „Ahs“ alles ausgewickelt war. David fing sofort an, seine Holzeisenbahn aufzubauen, während Emil sein neues Auto mit der Fernbedienung um das aufgehäufte Weihnachtspapier steuerte. Der Wagen war genauso cool wie das Flugzeug mit Fernsteuerung, das er zum Geburtstag bekommen hatte.

Ihre Mutter holte eine Schüssel Plätzchen und Onkel Olaf goss sich noch ein Gläschen Wein ein. Emils Auto sauste an seinen Füßen vorbei. Leicht verwirrt sah Onkel Olaf ihm nach.

„Fernsteuerung“, dachte Emil plötzlich und eine Idee breitete sich langsam in seinem Kopf aus.

„Hast du noch was von dem dünnen weißen Stoff von den neuen Gardinen?“, flüsterte er seiner Mutter ins Ohr.

Die nickte und führte ihn ins Schlafzimmer, wo ein Korb mit Nähmaterial stand. „Ist aber nicht mehr viel“, sagte sie. „Willst du dich verkleiden?“

Emil schüttelte den Kopf und verschwand mit dem Voile im Kinderzimmer.

Im Wohnzimmer hatten David und sein Vater die Eisenbahn inzwischen vollständig aufgebaut. Opa machte auf dem Sofa ein Nickerchen und Oma summte leise: „Alle Jahre wieder“. Onkel Olaf starrte aus dem Fenster und sah aus, als ob er lieber irgendwo anders wäre. Plötzlich wurden seine Augen groß und rund. Sein Mund klappte auf.

„Da, da!“, rief er und zeigte zum Fenster hinaus. Dort flog in der dunklen Nacht eine kleine weiße Gestalt vorbei.

„Ein Weihnachtsengel“, rief David und rannte zum Fenster.

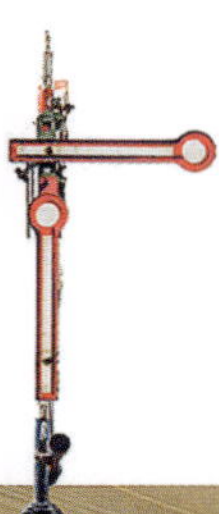

15

sich beleidigt ab. Den Schwanz kerzengerade in die Höhe gestreckt huschte sie mit einem lang gezogenen Miauen aus dem Raum. Die Katze ging mir fortan aus dem Weg und ließ sich ausschließlich von meinem Gatten füttern. Ich durfte nicht einmal mehr die Futterdose öffnen. Das passte mir aber gar nicht! Ich setzte alles daran, ihre Gunst zurückzugewinnen. Aber alle Versuche, sie mit ihrem Lieblingsessen oder einem neuen Spielzeug zu ködern, scheiterten. Über alldem vergaß ich sogar, das Geschenk meines Mannes einzupacken, und auch, das Adventsessen rechtzeitig zu kochen. Ich war wie besessen von dem Wunsch, Morganas Sympathie zurückzugewinnen. Sie aber saß ausschließlich auf dem Schoß meines Gatten. Als plötzlich draußen ein vorzeitiger Silvesterknaller losging, fuhr Morgana dort die Krallen aus.

„Autsch!" Mein Mann schrie laut auf und schubste sie herunter. Morgana erhob sich langsam und mit verächtlichem Blick, wechselte die Fronten, schlich zu mir und rollte sich auf meinem Schoß zusammen. Ich strich sacht über das feine bunte Fell. Geschafft!

Nun versuchte mein Mann verzweifelt, sich wieder bei ihr einzuschmeicheln, aber unsere Weihnachtskatze öffnete lediglich ein Auge, glitt mit der kleinen Zunge über ihr Maul und reckte sich. Ich strich ihr über den Kopf. Seitdem tobt ein kleiner Krieg um unsere Weihnachtskatze. Mein Mann bettelt nämlich noch immer um ihre Gunst. Nur gebe ich so schnell meine Sympathiepunkte nicht mehr her. Da muss er sich schon etwas einfallen lassen! Jetzt zündet er gerade eine Kerze an. Mal sehen, ob ihm das helfen wird.

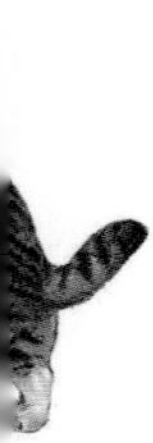

Die Weihnachtskatze

Nichts ahnend spazierten mein Mann und ich an einem kalten Schneewinterabend durchs Dorf, als es in der Hecke so herzerweichend maunzte, dass wir beide wie angewurzelt stehen blieben. Das Maunzen weitete sich zu einem Weinen aus und ich schaute unter die Zweige. Da lag ein bunt getigertes Fellbündel und sah mich mit einem Blick an, der mich mitten ins Herz traf. Wohl oder übel mussten wir das kleine nasse Kätzchen mitnehmen, alles andere wäre unmenschlich gewesen. Wir nannten es Morgana nach der Fee aus der Artussage, denn das Tier hatte uns verzaubert.

Sie wurde auf wundersame Weise mehr und mehr zu einem Bestandteil unseres Rentnerlebens, erkor meinen Schreibtischstuhl zu ihrem Schlafplatz und wartete im Flur auf unsere Rückkehr, wenn wir unterwegs waren. Morgana schämte sich auch nicht, die Nacht zum Tag zu machen. Wenn sie nämlich im Schlafzimmer Einlass begehrte, dann unter Zuhilfenahme ihrer kleinen Krallen, die sie ins Furnier der Tür grub. Das hinterließ natürlich unübersehbare Spuren. Und sie mochte Kerzen. Zündeten wir die Lichter auf dem Adventskranz an, setzte das bei ihr augenblicklich ein lautes Schnurren in Gang.

„Sie ist eine echte Weihnachtskatze", sagte mein Gatte.

Ich wusste nicht, ob mich das beruhigte, denn Morgana war nachts tatsächlich nur still, wenn die Kerzen brannten oder sie bei uns im Schlafzimmer nächtigen durfte.

Kurz vor dem Fest reichte es mir, als sie wieder mal wie verrückt an der Tür kratzte. Ich schnauzte das kleine bunte Wesen an, sie möge mir doch bitte meine Nachtruhe lassen! Morgana wendete

16

Wenn ich von meiner Zimmerpflanze,
die für die Fensterbank zu breit,
Ableger für Luise mache,
kostet's kein Geld und auch kaum Zeit.

Bald spielen sie hier im Theater
Viel Lärm um nichts, das will ich sehn,
und es wär sicher ein Vergnügen,
mit meinen Eltern hinzugehn.

Nun ist es da, das Weihnachtsfest,
geschenkelos, so soll es sein,
doch unterm bunten Weihnachtsbaum
da liegt ein Päckchen, ziemlich klein.

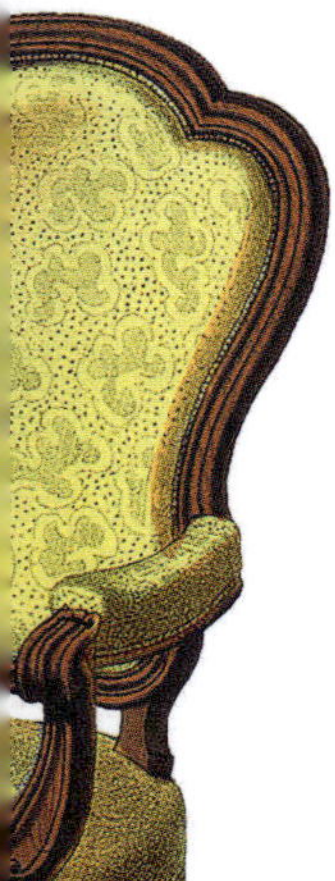

„Es ist ja nur ein Winzigkeitchen,
weil ich so oft an dich gedacht",
sagt meine Tochter und errötet,
„drum hab ich dir was mitgebracht."

Da holen wir aus unsren Taschen
für alle eine Kleinigkeit
und über diese Nicht-Geschenke
hat jeder sich enorm gefreut!

Keine Geschenke

Viel Ruhe gibt's nicht im Advent.
Bekanntlich muss man ja bedenken,
was man den Lieben nah und fern
zum Weihnachtsfest so könnte schenken.

Doch diesmal haben wir beschlossen:
Wir steigen aus dem Rummel aus!
Geschenke sind ja auch nicht nötig,
ist sowieso kaum Platz im Haus.

Stattdessen trifft sich die Familie
zu einem großen Weihnachtsessen
und den Konsumzwang können alle
in diesem Jahr einmal vergessen.

Na ja, so einfach ist es nicht,
als unser Fest nun näher rückt,
denn ich weiß, von jenem Buche
wär Onkel Otto hochentzückt.

Und auch die Socken, die ich stricke,
sind so früh fertig, dass ich dann
ein weitres Paar in Windeseile
für Valentin noch stricken kann.

17

Der Weg zum Aussichtsturm, den Michael aussucht, ist ziemlich steil und beim Stapfen durch den Schnee gerate ich aus der Puste. Das liegt natürlich auch am Schlitten, der schwerer ist, als ich ihn in Erinnerung habe.

„Na, gib schon her", erbarmt sich Michael und ich reiche ihm die Schnur.

„Wer mitzieht, darf auch mitfahren!", kläre ich ihn auf.

Michael schweigt und wir wandern weiter bergauf.

Natürlich hat er recht und der Blick vom Aussichtsturm in die verschneite Rheinebene ist herrlich.

Schließlich machen wir uns auf den Rückweg. Ich setze mich auf den Schlitten, rutsche nach hinten und sehe Michael auffordernd an. Er runzelt die Stirn.

„Sind wir dafür nicht ein bisschen zu alt?", fragt er.

Ich zucke mit den Schultern. „Kommst du?"

Nach kurzem Zögern lässt er sich vor mir nieder.

„Fertig?", frage ich. „Ich lenke."

Er nickt und ich stoße uns kräftig ab. Der Schlitten setzt sich in Bewegung. Wir sausen den Waldweg hinab – nun macht sich der lange Aufstieg wunderbar bezahlt. Ich habe das Schlittenfahren nicht verlernt und ich merke an Michaels Körperhaltung, dass er sich langsam entspannt, als ich uns in den ersten Kurven nicht in den Abgrund gesteuert habe.

Am Waldparkplatz bremse ich den Schlitten aus. Michael steht auf und sieht mich schweigend an. Erklärt er mich gleich für verrückt? Nein, er lächelt und reicht mir die Hand, um mir aufzuhelfen.

„Wir sind doch jünger, als ich dachte", sagt er fröhlich und zieht mich an sich. „Das sollten wir morgen unbedingt wieder machen."

Er ist der Richtige.

Schlittenfahren

„Mein Vater war ein Wandersmann …“, tönt es schon morgens unangenehm in meinem Kopf, dabei geht es hier überhaupt nicht um meinen Vater, sondern um meinen neuen Freund Michael, der ein begeisterter Wanderer ist. Und ich bin kein Kind mehr, sondern eine Frau mit Lebenserfahrung.

Als kleines Mädchen hatte ich zumindest Spaß am Wandern, wenn ich am Wegrand Blumen pflücken oder im Herbst Pfifferlinge und Esskastanien sammeln konnte. Aber jetzt? Es ist kahl und kalt, und wenn ich schon wandern muss, können wir das dann nicht irgendwo tun, wo es nicht ewig bergauf geht? Ich mag den Schwarzwald, aber eben eher zum Anschauen. Manchmal frage ich mich, ob Michael unter diesen Umständen überhaupt der Richtige für mich ist …

Als ich die Rollläden hochziehe, blendet mich leuchtendes Weiß. Es hat geschneit! Und das nicht zu wenig. Unwillkürlich lächle ich. Schnee hat für mich immer etwas Tröstendes – alles wird gut. Und ich weiß auch schon wie.

Warm verpackt steigen wir später auf dem Waldparkplatz aus dem Auto.

„Brauchst du noch was?“, wundert sich Michael, als ich zum Kofferraum gehe.

Ich antworte, indem ich den alten Holzschlitten heraushieve. Er stammt noch aus meiner Kindheit und ist so lang, dass ich zusammen mit meinen beiden Geschwistern darauf sitzen konnte. Ich habe vorhin noch schnell eine neue Schnur an die Metallstange gebunden und die angerosteten Kufen ein wenig abgeschliffen.

Michael runzelt die Stirn. „Ein Schlitten?“

„Richtig erkannt!“, verkünde ich fröhlich.

18

Anna lag bleich in ihrem Krankenbett und war sichtlich erleichtert, als sie ihre Tochter wieder in die Arme schließen konnte. „Danke", wandte sie sich lächelnd an Greta, als sie die Geschichte erfuhr. „Ich war so in Sorge. Aber was passiert nun mit Bine? Ich muss noch jemanden finden, der sich um sie kümmert, wir beide sind ganz allein."

„Ich mache das", versprach Greta. Erst tat sich Bines Mutter schwer damit, ihr Kind einer völlig Fremden anzuvertrauen. Aber nach einem langen Gespräch mit Greta und der Krankenschwester, die Greta noch von früher kannte, willigte sie schließlich ein.

Als Anna am nächsten Tag aus der Klinik nach Hause kam, war sie noch müde und Greta brachte die Kleine die ganze Woche über in den Kindergarten, bastelte am Nachmittag mit Bine kleine Strohsterne und buk Weihnachtskekse. Anna war sehr dankbar, dass Greta sich um ihre Tochter kümmerte. „Es ist mir alles zu viel geworden. Plötzlich habe ich nur noch Sterne gesehen und bin umgefallen. Allein ein Kind zu erziehen, ist manchmal verdammt schwer."

„Dafür ist ja der Weihnachtsengel Greta gekommen und hat mich mitgenommen", sagte Bine lächelnd.

Als Weihnachten vor der Tür stand, ging es Bines Mutter besser und die beiden kamen wieder allein zurecht.

„Dann braucht ihr mich ja nicht mehr", sagte Greta.

Bine schüttelte heftig mit dem Kopf. „Greta Weihnachtsengel kann jetzt nicht gehen. Sie ist genauso allein wie du, Mami. Sie darf doch immer wiederkommen, oder?"

Anna nickte dankbar. „Wenn sie möchte, jederzeit!"

Greta nahm Bines Hand und sie setzten sich an den Tisch. Links Anna, an der Kopfseite Bine und rechts Greta.

Bines Engel

Greta schlurfte durch die weihnachtlich geschmückte Stadt. Sie war allerdings in keiner festlichen Stimmung, denn sie würde in diesem Jahr am Heiligen Abend allein sein. Ihre Eltern waren zu Beginn des Jahres gestorben, Kinder oder einen Partner gab es nicht. Greta war früher Krankenschwester gewesen, aber nun schon seit einiger Zeit in Rente. Ziellos spazierte sie durch die Innenstadt, als sie von einem Kind angesprochen wurde. „Weißt du, wo meine Mama ist? Du siehst aus wie ein Weihnachtsengel und die wissen doch alles."
Tränenüberströmte Augen starrten Greta entgegen. Trotzdem musste sie schmunzeln. Zwar trug sie ihr langes blondes Haar offen, sah sich aber weit entfernt von einem Weihnachtsengel. Sie beugte sich zu dem Mädchen hinunter. „Wo hast du deine Mutter denn zuletzt gesehen?"
Die Kleine deutete vage hinter sich und zuckte dann mit den Schultern. „Sie war plötzlich weg. Wir waren in dem großen Laden dort hinten."
Greta nahm die Kleine an die Hand. „Wie heißt du denn?"
„Bine Müller. Meine Mama heißt Anna. Und du heißt Weihnachtsengel, oder?"
„Nein, ich bin bloß Greta. Nun komm! Wir suchen deine Mutter."
Als sie an dem großen Warenhaus ankamen, fuhr gerade ein Krankenwagen vor. Kurz darauf brachten die Sanitäter eine junge Frau mit der Trage heraus. Greta beschlich ein ungutes Gefühl.
„Das ist Mami!", flüsterte Bine verängstigt. Doch da fuhr der Krankenwagen auch schon mit Blaulicht davon.
Greta überlegte nicht lange. „Wir fahren mit dem Bus ins Krankenhaus. Dort kenne ich mich aus." Kurzerhand machten sie sich auf den Weg und Greta fragte sich zu Bines Mutter durch.

19

„Ich schau mal. Du musst aber weggucken."
Ruth dreht sich um und Sascha angelt unter dem Bett nach den Geschenken. Ja, das Buch ist da. Und die Plüschkatze auch. Aber keine Stiefel.
„Das mit den Stiefeln ist etwas schwierig", sagt er.
„Ich weiß, die sind sauteuer. Und jetzt, wo Papa nicht mehr da ist und Mama gerade keine Arbeit hat…"
Sascha spürt einen kleinen Stich im Magen, als er Ruths traurige Stimme hört. Er gibt sich einen Ruck.
„Vielleicht magst du ja etwas anderes haben?" Er greift nach seinem Sack und zieht ein Paket heraus. „Eine Playstation zum Beispiel?"
„Die wünscht sich mein Bruder schon lange!" Ruths Augen strahlen, als sie die Packung entgegennimmt. „Und hast du auch etwas für meine Mama?"
Sascha zögert, dann zieht er ein schmales Etui hervor. „Mag deine Mama Schmuck?"
Ruth runzelt die Stirn. „Nicht so sehr. Hast du nicht einen Laptop? Ihrer ist so alt und langsam, dabei braucht sie den. Aber meine Oma mag Schmuck", fügt sie hinzu. „Und Tante Lina. Und meine Cousine wünscht sich ein Smartphone."
Als Sascha ein kleines Weilchen später die Wohnung wieder verlassen will, umarmt ihn Ruth fest.
„Danke, lieber Weihnachtsmann. Ich habe ja nicht an dich geglaubt, aber jetzt weiß ich es besser!"
Sascha streicht ihr übers Haar, dann eilt er die Treppe hinunter. Sein Sack ist nun sehr leicht.
Sein Herz auch.

Besuch vom Weihnachtsmann

Der Sack ist ganz schön schwer! Zufrieden zieht Sascha seine rot-weiße Mütze tiefer ins Gesicht. Es war eine geniale Idee, sich für seine Einbrüche als Weihnachtsmann zu verkleiden – kein Mensch würde so kurz vor den Festtagen seine Anwesenheit infrage stellen. Und erinnern würde man sich – dem Kissen sei Dank – höchstens an einen dicken Kerl mit Rauschebart! Selbst seine Beute kann er bequem im Sack durch die Gegend tragen.

Eigentlich ist er schon auf dem Heimweg, aber die Haustür dort drüben steht so einladend offen! Eine Wohnung noch, denkt er und blickt an dem Mehrfamilienhaus hinauf. Im zweiten Stock links ist trotz der einsetzenden Dämmerung alles dunkel, also ist niemand zu Hause. Auch wenn das hier nicht die reichste Wohngegend ist, finden sich derzeit immer und überall nette Gaben in den Schränken. Das Türschloss macht keine Probleme und auch das Versteck für die weihnachtlichen Überraschungen ist schnell gefunden. Sascha kniet vor dem Elternbett und will gerade seine Beute hervorziehen, als hinter ihm eine Kinderstimme fragt: „Was machst du da, Weihnachtsmann?"

Er fährt herum und starrt das rothaarige Mädchen an.

„Ich … äh, ich bringe die Geschenke." Er bemüht sich, seiner Stimme einen dunklen, mächtigen Klang zu geben.

„Jetzt schon? Ist doch noch gar nicht Weihnachten."

„Ähm, weißt du, es gibt ja so viele Leute …"

Das Mädchen nickt wissend. „Ich bin die Ruth. Hast du das Buch dabei, das ich mir gewünscht habe? Johannes Gutenberg und die verschwundenen Lettern? Und die Plüschkatze? Und die Stiefel mit dem Puschelfell?" Sie sieht ihn aus großen braunen Augen erwartungsvoll an.

20

Beim Rausgehen stampft Jasper wütend auf. „War doof hier. Keiner hat dem Mann an dem Kreuz geholfen, obwohl Batman da war. Und geflogen ist der auch nicht."

Ich kann Jasper nur schwer beruhigen.

Als wir am Ausgang unsere Kollekte einwerfen, ist er aber wieder zufrieden und steckt seine Geldstücke folgsam in den Schlitz. „Das ist für den armen Mann am Kreuz, oder? Der ist ja sogar nackig und braucht nicht nur einen Arzt, sondern auch was zum Anziehen."

Ich streichle Jasper über den Kopf.

Als wir vor die Kirche treten, sitzt draußen ein Obdachloser vor dem Eingang. Ich nestle einen 10-Euro-Schein aus dem Portemonnaie und lege ihn in seine schmutzige Mütze. Für den Jesus am Kreuz kann ich schließlich nichts mehr tun, wohl aber für den armen Mann.

Jasper ist sehr zufrieden mit mir.

„Du bist zwar nicht Batman wie der Mann da in der Kirche, aber du hilfst wenigstens!" Jaspers Augen strahlen heller, als es alle Weihnachtskerzen vermögen. Er kramt ein 50-Cent-Stück aus seiner Hosentasche. Davon wollte er sich eine Schlickertüte kaufen. Auch das drückt er dem Mann in die Hand und sagt altklug: „Jetzt ist Weihnachten! Ein frohes Fest wünsche ich Ihnen."

Krippenspiel mit Hindernissen

Am vierten Advent findet in unserer Gemeinde das alljährliche Krippenspiel statt. In diesem Jahr wollen wir auch unseren Kleinsten, Jasper, mitnehmen. Er ist schon sehr aufgeregt, denn es ist mit seinen vier Jahren sein erster Gottesdienstbesuch. Ich kläre ihn zuvor natürlich über alles auf, was ihn erwartet. Und so betreten wir die weihnachtlich geschmückte Kirche.

Gespannt sitzen wir auf der Kirchenbank, als die Orgel zu spielen beginnt und der Pastor in seinem schwarzen Talar würdevoll den Gang entlangschreitet.

Ich merke, wie Jasper ganz aufgeregt wird. „Das ist ja Batman!“, quäkt er mit schriller Stimme. „Mama, du hast gar nicht gesagt, dass der auch kommt!“

Noch lächle ich, auch wenn mir die Blicke der anderen Kirchenbesucher peinlich sind. Flüsternd erkläre ich ihm, dass es sich um den Pastor handelt, der uns gleich eine Geschichte erzählen wird und mit uns singt. Genauso wie in der Kita.

„Aber warum verkleidet der sich?“, fragt Jasper, nimmt das Ganze dann aber zum Glück erst einmal so hin. Er sieht sich interessiert um, bis er aufspringt und auf das überlebensgroße Kreuz zeigt, das über dem Altar angebracht ist. Er hüpft aufgeregt auf und ab. „Du, Mama, tut das dem Mann da gar nicht weh? Wenn der Nägel in den Händen hat?“

Wieder ziehe ich Jasper zurück. „Das erkläre ich dir später.“

Zum Glück beginnt nun das Krippenspiel, was unseren Jüngsten eine Weile in den Bann zieht. Danach hat er Hunger, ein Bonbon kann ihn ruhigstellen. Kurz vor Schluss zappelt er dann wieder herum, seine Geduld ist nun endgültig am Ende.

21

„Kaninchen“, ist die nächste Idee, die aber natürlich genauso scheitert wie die Sache mit Emma. Auch jetzt können wir nicht plausibel erklären, dass Hasi gerne gegessen werden möchte. Es hat zur Folge, dass mein Mann einen Kaninchenstall samt Auslauf bauen muss. „Hasi ist zum Glück gerettet“, sagt Laura. „Wir sind echt gute Weihnachtsmenschen.“

„Was essen wir aber jetzt?“ Ich zermartere mir den Kopf. Immerhin werden wir mit meinen Eltern und Schwiegereltern das Haus voll haben und alle erwarten ein opulentes Mahl! Ich wage es nicht, Lammbraten, Schweinelendchen oder ein Rindersteak vorzuschlagen, der Garten wird zu klein, wenn wir hier allen Tieren Asyl geben müssen.

„Karpfen“, schlägt mein Gatte vor. „Karpfen ist typisch und der ist längst nicht so niedlich wie die anderen Tiere. Das kriegen wir vor Laura durch.“

Klammheimlich kaufen wir zwei große Prachtexemplare und deponieren sie bis zu ihrem Tod in der Badewanne.

„Warum sind die da?“, fragt Laura.

„Das Weihnachtsessen?“, werfe ich vorsichtig ein.

Neunjährige Mädchen haben aber auch ein Herz für glitschige Fische und so schwimmen in unserem Teich jetzt auch noch zwei Karpfen. Laura ist zufrieden und wir ratlos. Schlussendlich entscheiden wir uns für Grünkernfrikadellen mit einer Champignon-Rahmsoße. Dafür brauchen wir weder Stall noch Teich. Und wir sind weiter gute Weihnachtsmenschen. Das hat ja auch was! Wie wir das Opa klarmachen wollen, weiß ich beim besten Willen nicht! Aber drei Tage haben wir ja noch …

Gute Weihnachtsmenschen

Ökologisch soll das Weihnachtsessen sein. Regional und in alle Richtungen ethisch verträglich. Da sind mein Mann und ich uns einig. Weihnachten ist das Fest der Liebe und natürlich muss man da allen Lebewesen gerecht werden.

So erklären wir es auch unserer Tochter Laura.

„Wir essen also als Weihnachtsbraten nur eine Gans aus ökologischer Aufzucht."

Das findet sie dann auch gut. Aber als es darum geht, dass die Gans bald abgeholt werden soll, stellt sie die obligatorische Frage: „Mama, wenn eine Gans ökologisch aufgezogen wird, möchte sie dann sterben?"

Mein Mann und ich schauen uns vorsichtig an. Jetzt bloß nichts Falsches sagen!

„Nun, sie wurde artgerecht gehalten und hatte ein schönes Leben", versucht mein Mann sich herauszureden, aber da hat er die Rechnung ohne unsere Tochter gemacht.

„Aber wenn man ein schönes Leben hat, will man doch erst recht nicht sterben."

Was antwortet man auf ein solches Argument? Wir drucksen herum.

„Wir müssen doch alle etwas essen", versucht mein Mann es weiter.

„Aber doch keine Gans!"

Schweren Herzens rufen wir auf dem Biohof an und bestellen den Vogel ab. Leider können sie ihn nicht zurücknehmen und so fahren wir dorthin und nehmen Emma, wie unsere Tochter die Gans nennt, lebendig mit. Zum Glück haben wir einen großen Garten mit Teich und nachdem mein Mann auch einen Stall gebaut hat, scheint sich Emma bei uns ganz wohlzufühlen. Nur haben wir das Problem des Weihnachtsbratens noch immer nicht geklärt.

22

ler, wenn es noch mehr tragen muss. Bestimmt wollen die beiden ihre Tiere wieder um die Wette laufen lassen. Dabei stört natürlich der Beutel.

An einem kleinen Olivenhain bleibt das Kamel plötzlich stehen. Im Schatten unter einem der Ölbäume sitzt eine junge Frau mit einem Säugling im Arm und singt leise. Melchior steigt ab und grüßt sie höflich.

In diesem Moment schlägt das Kind die Augen auf und lässt einen durchdringenden Schrei hören.

Die Mutter steht auf und seufzt. Sie wiegt das Kleine hin und her, aber es hört nicht auf zu brüllen.

„Vielleicht hat es Bauchschmerzen?", fragt Melchior. „Mein Enkel hatte damit auch Probleme. Moment, ich hab da was."

Er kramt in dem Lederbeutel an seinem Sattel. Eigentlich ist die Salbe mit den wertvollen Ölen ja für den neuen König gedacht. Aber die junge Mutter und ihr Kind brauchen sie jetzt nötiger, die beiden sehen nicht gerade wohlhabend aus.

„Reib den Bauch damit ein." Melchior reicht der Frau das kostbare Gefäß und setzt sich zu ihr in den Schatten des Baumes. Die Frau legt ihm das Baby auf den Schoß und schlägt die Tücher auseinander. Der kleine Junge strampelt mit den Beinen und schreit weiter. Doch als seine Mutter beginnt, sein Bäuchlein mit kreisenden Bewegungen einzureiben, wird er ruhiger.

(Fortsetzung folgt)

Bethlehem – Teil 1

„Bist du sicher, dass es diese Stadt ist?“, fragt der alte Mann und streicht sich müde über seinen grauen Bart.
„Hab ich euch bisher nicht immer richtig geführt?“, antwortet der jüngere mit dem blauen Turban.
Der dritte der Männer nickt. „Stimmt, Balthasar. Außerdem ist der Stern zu sehen. Es muss dieser Ort sein.“
„Aber gibt es hier einen Palast?“, fragt der alte zweifelnd.
„Melchior, du wärst besser daheim geblieben, wenn du an allem zweifelst.“ Balthasar schwingt sich auf sein Kamel. „Außerdem hat Kaspar in den Sternen gelesen, dass wir den neugeborenen König an einem ungewöhnlichen Ort finden werden.“
„An einem ganz ungewöhnlichen Ort“, wiederholt Kaspar.
Seufzend steigt Melchior wieder auf sein Kamel und folgt den beiden anderen, die auf den kleinen Ort Bethlehem zureiten. Schwerfällig stapft das Tier durch den Staub. Es ist alt und wird täglich schwächer. Dies wird wohl seine letzte Reise mit Melchior sein, danach darf es zu Hause in der Oase ausruhen und dort seine alten Tage verbringen. Das hat es sich verdient.
Melchior und sein Kamel bleiben hinter den anderen zurück. Das ist in den letzten Tagen schon öfter so gewesen. Irgendwann merken Balthasar und Kaspar, dass sie allein sind, dann rasten sie und warten auf ihren Reisegefährten. Bis Melchior sie eingeholt hat, haben sie das Essen zubereitet, das ist eigentlich gar nicht so übel.
Gerade heute reitet Melchior gerne ein wenig allein. Er ist ein bisschen sauer auf Kaspar und Balthasar, denn sie haben ihm den Lederbeutel mit den Geschenken für den König aufgedrängt. Dabei ist sein Kamel sowieso das langsamste und wird auch nicht schnel-

23

Balthasar verdreht die Augen und Kaspar schüttelt den Kopf.
„Und nun?" Die beiden sehen auf zu dem Stern, der ihnen seit Tagen den Weg weist. Der scheint ein Stück weitergezogen zu sein und steht nicht wirklich über der Herberge.
„Hier sind wir sowieso falsch", erklärt Melchior. Den Blick zum Himmel gerichtet, macht er sich wieder auf den Weg. Kaspar und Balthasar folgen schweigend.
Der Stern führt sie hinaus aus der Stadt. Dort am Rande der Schafweiden steht ein kleiner, aber stabiler Stall. Genau über diesem Stall blinkt der Stern.
Melchiors Kamel wird schneller, fast haben die anderen Mühe hinterherzukommen.
„Ein ungewöhnlicher Ort", flüstert Kaspar andächtig.
„Die Weissagung über den neuen König ist also wohl ganz anders gemeint", antwortet Balthasar.
Melchior klopft leise an die Stalltür und schaut hinein. Ja, da sitzt die junge Frau mit ihrem Mann beim Essen. Der Säugling schläft friedlich in der Futterkrippe, die seine Eltern mit Stroh und weichen Tüchern zu einem Bettchen gemacht haben.
„Kommt herein", sagt der Mann, „und teilt unser Mahl. Maria hat mir erzählt, dass einer von euch ihr geholfen hat."
Leise, um das schlafende Kind nicht zu stören, lassen die drei Männer sich nieder und packen auch ihren Proviant aus, um ihn mit dem jungen Paar zu teilen.
Das Kind schläft selig lächelnd die ganze Nacht.

Bethlehem – Teil 2

Aus seinem Beutel holt Melchior eine Goldmünze hervor. Als sich das Licht der untergehenden Sonne darin fängt, verstummt der Kleine staunend.

„Das macht ihm Freude.“ Nach kurzem Zögern gibt Melchior der Frau das Goldstück.

„Danke.“ Die Frau lächelt und erhebt sich. „Ich muss mich langsam auf den Rückweg machen.“

„Ist es weit?“, fragt Melchior.

„Nicht sehr.“

„Kennst du dich hier aus?“

„Leider nein“, antwortet die Frau. „Wir sind auf der Durchreise. Mein Mann hat für ein paar Tage einen Stall am Rande der Stadt gemietet. Es ist ganz schön da, vor allem nicht so laut wie in der Herberge, und wir sind ungestört.“

Melchior nickt und lässt sein Kamel niederknien. „Steig auf“, sagt er. „Das Schaukeln wird dem Kind gefallen.“

Die Frau lacht. „Wie wunderbar, dass ich dich getroffen habe.“

Melchior führt sein Kamel in die Stadt. Dort verabschiedet er sich von der Frau und streichelt dem Kleinen, der jetzt friedlich schläft, über die Stirn. Dann zieht er weiter, um Balthasar und Kaspar zu suchen.

Die beiden warten ungeduldig vor einer prächtigen Herberge.

„Da bist du ja endlich! Gib uns den Beutel, damit wir die Geschenke für den neuen König bereithalten können“, ruft Kaspar ihm entgegen.

Melchior verzieht das Gesicht.

„Die Salbe und ein Goldstück habe ich einer armen Frau für ihr Kind gegeben“, gesteht er zerknirscht. „Gott will, dass wir den Armen helfen. Der König wird das verstehen.“

24

Am Weihnachtstag schlüpfte Selma in ihre Winterstiefel und den Daunenmantel. Zum Schutz gegen den eisigen Wind schlang sie sich einen dicken Schal um den Hals und setzte ihre Pudelmütze auf. Auf der Bank am Hafen saß ein Mann. Vorsichtig näherte Selma sich. Als er sie bemerkte, flackerten seine Augen erst erschrocken, dann freudig auf. Er sah sie eine Weile an, dann zog er wortlos ein Foto aus der Tasche, das er Selma reichte.

Sie nahm das verblichene Bild und betrachtete den darauf abgebildeten, altersschwach wirkenden Kutter, vor dem zwei Kinder in die Kamera lächelten. Beide hielten einen Fisch in der Hand. Im Hintergrund stand ein großer Tannenbaum. Selma blieb beinahe das Herz stehen. „Den Kutter kenne ich. Und …" Sie konnte nicht weitersprechen. „Benno?"

Über das Gesicht des alten Mannes huschte ein scheues Lächeln, als sie ihn erkannte.

Er nickte und nahm das Foto wieder an sich. „Ich habe gehofft, dass du eines Tages zurückkommst."

Selma griff nach seiner Hand und studierte sein runzeliges Gesicht auf der Suche nach dem, was ihr vertraut war. Seine Augen hatten noch immer dieses tiefe unergründliche Blau und wirkten genauso warm wie damals. Er stand auf, nahm ihre Hand und sie blickten gemeinsam über das hell erleuchtete Hafenbecken. Von Weitem drang der Gesang von „Stille Nacht" zu ihnen herüber. Gleichzeitig begannen die Kirchenglocken zu läuten.

„Es ist Weihnachten", sagte Selma.

„Ja, es ist Weihnachten. Und da geschehen Wunder. Seit über 2000 Jahren." Benno drückte ihre Hand.

Weihnachten am Meer

Benno kam immer mit zerrissenen Hosen in die Klasse und zur Kirche. Und er roch stets ein bisschen nach Fischerboot. Seinem Vater gehörte nämlich der Kutter *Alte Liebe*.

Selma machte der Fischgeruch nichts aus, denn Benno war der Einzige, der sie nie auslachte, wenn sie nicht schnell genug rechnete. Sie mochte den schäbigen Kutter von Bennos Vater. Vielleicht gerade, weil die Farbe überall abblätterte. Kurz vor dem Weihnachtsfest durfte Selma sogar frühmorgens zum Fischen mitfahren. Es war kalt und die Wellen peitschten gegen die Schiffswand. Bennos Vater warf die Netze aus und holte sie nach einer Weile voll mit Schollen, Dorschen, Heringen und Makrelen wieder ein. So kehrten sie anschließend müde zurück in den Hafen, auf dessen Kai ein großer Tannenbaum stand. Selma durfte an diesem Morgen für das Mahl am Heiligen Abend zwei Makrelen mitnehmen.

„Wir bleiben zusammen. Immer", versprach Benno. Und doch verloren sie sich später aus den Augen.

Die Sehnsucht nach dem Meer blieb ihr ganzes Leben. So beschloss Selma, inzwischen alt und verwitwet, eines Tages, zurück an die Nordsee zu ziehen.

Sie mietete ein Appartement in der Nähe des kleinen Fischerdorfes. Die Schule gab es nicht mehr, genauso wenig wie den kleinen Bäckerladen, der einem Supermarkt hatte weichen müssen. Aber am Hafen stand ein Tannenbaum. Er trug weiße Häubchen vom frisch gefallenen Schnee auf den Zweigen. Ein paar Kutter hatten festgemacht, aber sie waren moderner als die *Alte Liebe* von damals, die sicher längst abgetakelt war.

Weihnachtsduft im ganzen Haus

Zum Weihnachtsfest gehören viele zauberhafte Düfte. Das Aroma von selbst gebackenen Keksen ist definitiv einer davon. Für diesen sinnlichen Genuss finden sich auf den nächsten Seiten ein paar leckere Rezepte, die sich anfühlen, als würden wir direkt neben Tant' Martha oder Oma in der Küche stehen.

Ein weiteres klassisches Weihnachtsaroma ist natürlich Tannenduft. Dazu genügt es, sich frisch geschnittene Zweige ins Haus zu holen und diese regelmäßig auszutauschen – und schon riecht es auch zu Hause ganz wunderbar nach Winterwald. Wenn dazu das Feuer im Kamin lodert und knackt und das süßlich-würzige Bukett von Glühwein durch den Raum weht, ist man dem Fest schon ganz nah.

Wer aber das gewisse Etwas mag, kann sich mit einfachen Mitteln noch einen speziellen Weihnachtsduft ins Haus holen.
Dazu braucht man eine kleine Schale, eine Zitrone, Mandarine oder Orange und viele ganze Nelken. Die Früchte werden eng mit den Nelken gespickt, sodass sie nachher aussehen wie ein Igel. Legt man dazu noch Tannengrün in die Schale, vermischt sich der Duft ganz wunderbar und man hat zudem eine sehr hübsche Weihnachtsdekoration.

Omas Kekse

Zutaten:
250 g Butter
250 g Zucker
4 Pck. Bourbon-Vanillezucker
2 Eier
500 g Mehl plus etwas für die Arbeitsfläche

Etwas Kuvertüre, geschmolzen
250 g Puderzucker
3 EL Zitronensaft

Zubereitung:
Butter und Zucker mit einem Mixer cremig rühren. Vanillezucker und Eier nacheinander zugeben und jeweils 1 Min. unterschlagen. Anschließend das Mehl so lange unterkneten, bis ein schöner Mürbeteig entsteht. Den Teig abdecken und mindestens 30 Min. kalt stellen.
Den Ofen auf 170°C Umluft vorheizen und ein Blech mit Backpapier auslegen.
Den Teig entweder zu Spritzgebäck verarbeiten oder auf der bemehlten Arbeitsfläche etwa ½ cm dünn ausrollen und Formen ausstechen. Die Plätzchen ca. 10-15 Min. goldbraun backen. Aus dem Ofen nehmen und gut abkühlen lassen.
Die Kekse können nach Belieben mit Kuvertüre oder Zuckerguss verfeinert werden. Für den Zuckerguss Puderzucker und Zitronensaft verrühren, bis eine dickflüssige Masse entsteht.

Tant' Marthas weißer Glühwein

Zutaten:

½ Bio-Orange
1 l lieblicher Riesling
2 Vanilleschoten, Mark ausgekratzt
2 Stangen Zimt
6 Nelken

Etwas Rum

Zubereitung:

Die Orange waschen und in dünne Scheiben schneiden.
Orangenscheiben, Wein, Vanillemark und -schoten, Zimtstangen und Nelken in einem Topf vermischen. Bei niedriger Hitze erwärmen, aber nicht aufkochen. Den Glühwein auf diese Weise eine Stunde lang erhitzen.
Durch ein Sieb abseihen und nach Belieben mit etwas Rum verfeinern. In vorgewärmten Bechern servieren.

Adventsschnitten

Zutaten:

70 g Butter
150 g Zucker
2 Eier
125 ml Milch
1 TL Zimt
1 EL Kakao, dunkel

200 g Zitronat
200 g Mandeln, gemahlen
100 g Rosinen
2 gestr. TL Backpulver
250 g Mehl

250 g Puderzucker
3 EL Zitronensaft

Zubereitung:

Den Ofen auf 180°C Umluft vorheizen. Ein tiefes Backblech mit Backpapier auskleiden. Butter und Zucker mit einem Mixer cremig rühren. Eier und Milch nacheinander zufügen. Zimt, Kakao, Zitronat, Mandeln und Rosinen zugeben und gut verrühren. Backpulver und Mehl in einer separaten Schüssel vermengen. Die Mischung anschließend in kleinen Teilen in den Teig rühren. Die Masse auf das Backblech gießen und 15-20 Min backen. Aus dem Ofen nehmen und gut abkühlen lassen. Für die Glasur den Puderzucker und Zitronensaft verrühren, bis eine dickflüssige Masse entsteht. Den Zuckerguss nach Belieben auf der gebackenen Masse verteilen und aushärten lassen. Dann kann der Teig in kleine Vierecke geschnitten und serviert werden.

Tannenbäumchen stricken

Material:
Grüne Wolle beliebiger Stärke
Passende Stricknadeln

Gestrickt werden nur rechte Maschen (M).

5 M anschlagen und vier Reihen stricken, dann am Ende der vierten Reihe zusätzlich 7 M anschlagen.

Bei der Rückreihe am Ende ebenfalls zusätzliche 7 M anschlagen (Gesamtzahl 19 M).

In der folgenden Reihe 8 M stricken, dann die mittleren 3 M wie folgt zusammenstricken: 1 M abheben, 2 M rechts zusammenstricken, die abgehobene M darüberziehen. Die restlichen 8 M stricken.

Drei Reihen ohne Abnahme stricken.

In jeder vierten Reihe wieder die mittleren 3 M zusammenstricken, bis zu den letzten 3 M an der Tannenbaumspitze.

Zum Schluss den Anschlagfaden vernähen, aber den Faden an der Spitze etwas länger lassen. So kann das Tannenbäumchen den Weihnachtsbaum schmücken oder als Geschenkanhänger ein Päckchen zieren.

Über die Autorinnen

Gitta Edelmann hat schon an sehr unterschiedlichen Orten Weihnachten gefeiert, unter anderem in Rio de Janeiro und Edinburgh, wo sie einige Jahre gelebt und als Übersetzerin gearbeitet hat. Sie verbringt die Festtage gerne entweder in Bonn, wo sie seit über 20 Jahren lebt, oder in ihrer Heimatgegend am Rande des Schwarzwalds.
In Gitta Edelmanns Romanen und Kurzgeschichten für Erwachsene und für Kinder findet man Kriminelles, Historisches oder Fantastik ebenso wie Romantik – meist mit einem Augenzwinkern. Sie leitet zudem Workshops für Kreatives Schreiben, begleitet als Schreibcoach angehende Autor*innen bei ihren Projekten und ist gelegentlich als Herausgeberin oder Lektorin tätig.
Mehr unter: www.gitta-edelmann.de

Regine Kölpin wurde 1964 in Oberhausen (NRW) geboren, lebt aber seit ihrer Kindheit in Friesland und wohnt in einem kleinen Dorf an der Nordsee. An der Küste liegt zu Weihnachten nur selten Schnee, aber wenn es im Winter friert, kann man wunderbar Schlittschuh laufen. Ansonsten ist das Weihnachtsfest an der Nordsee genauso feierlich wie anderswo und es gibt Weihnachtsmärkte und Krippenspiele. Dort im Norden kommt allerdings der Weihnachtsmann und nicht das Christkind.
Regine Kölpin hat zahlreiche Romane und Kurztexte bei namhaften Verlagen publiziert und ist auch als Herausgeberin tätig. Die Autorin wurde bereits mehrfach ausgezeichnet, (z. B. mit dem Stipendium Tatort Töwerland/Titel: Starke Frau Frieslands).
Mehr unter: www.regine-koelpin.de

Das neue Jahr

Das neue Jahr steht vor der Tür.
Es klopft – was soll ich machen?
Es bringt in seinem großen Sack
gar wunderliche Sachen:

Ein Päckchen Krankheit ist dabei,
ich hoff, es ist recht klein,
ein Fläschchen Tränen, Lachen auch,
wie könnt es anders sein.

Vier Jahreszeiten, Sonnenschein,
dazu ein Wölkchen Regen,
Geburtstag und manch andres Fest,
viel Freude, Gottes Segen.

Mein Herz pocht laut, die Spannung steigt,
wie wird die Zukunft sein?
Das neue Jahr steht vor der Tür,
ich öffne, lass es ein!